Le match des maîtresses

AGNÈS
BERTRON-MARTIN

ILLUSTRATIONS
DE DIDIER BALICEVIC

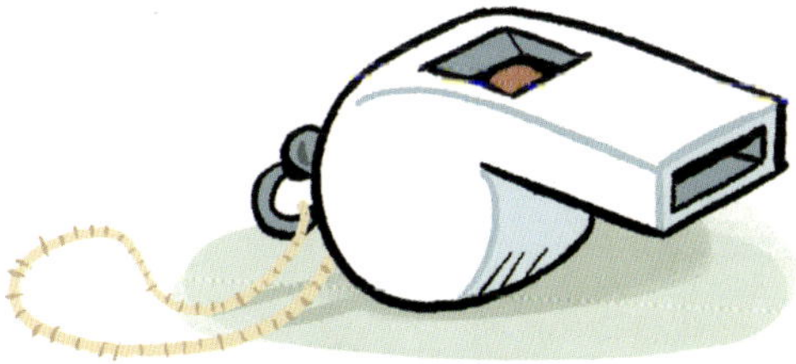

Chapitre 1

Myrtille adore l'école.
Mais elle déteste la récré !
Myrtille est maîtresse.
Et pendant la récré, elle doit rester au **garde-à-vous** comme un général qui surveille une armée.

Pomme, la directrice, lui tend un sifflet, et sa mission **infernale** commence !

Si Sonia bouscule Tom, Myrtille doit siffler : **Tut ! Tut !**

Si Paulo se roule par terre : **Tut ! Tut !**

C’est l’horreur ! Surtout avec cette cage de foot sous les yeux !

« Ah ! là, là ! si seulement on me donnait un ballon au lieu d’un sifflet ! » se dit-elle.

Myrtille regarde Cerise,
l'autre maîtresse :
– Allez, tu viens,
on se fait une partie ?
Mais Cerise n'a pas
du tout envie de jouer !

Chapitre 2

Ce matin, Myrtille arrive à l'école en avance, avec son ballon. Elle ouvre doucement le portail, se glisse dans la cour et referme derrière elle :

– **Yahoo !** La cour pour moi toute seule !

Myrtille se place face à la cage,
pose le ballon à ses pieds, et **vlan !**
Elle tape un grand coup dedans.

Bing ! Le ballon rebondit
contre le poteau !

Myrtille ne se décourage pas.

Soudain, elle s'arrête net.
Le portail a grincé.
Vite, elle se cache
derrière le marronnier,
en sueur et essoufflée :
« La directrice !
Déjà ? » s'étonne
Myrtille.

Au lieu d'aller vers son bureau,
Pomme se dirige tout droit vers la cage de foot.
Elle prend le ballon, le pose, recule, court et **shoote** de toutes ses forces…

– **But !** s'écrie Myrtille en sortant de derrière l'arbre. Bravo, madame la directrice !

Surprise, Pomme devient rouge comme une tomate :

– Que… que faites-vous là,
Myrtille ?
– Comme vous !

Je joue au foot !
On fait un match ?

Chapitre 3

Un match endiablé commence. Pomme prend le ballon, **feinte**, slalome. Myrtille intervient, reprend la balle, vise, tire et…

– **Buuuut ! J'ai mis un buuut !**

hurle de joie Myrtille.

– Joli tir, dit la directrice, vexée.

Énervée, elle donne un coup de pied dans le ballon… qui s'envole… jusqu'au toit… et ne retombe pas !
Elle va chercher l'échelle, grimpe et fouille entre les tuiles :
– Où est ce fichu ballon ?
Myrtille la rejoint pour l'aider.

Mais, soudain, le portail grince à nouveau ! C'est Cerise avec tous les élèves.

Myrtille et la directrice s'accroupissent derrière une cheminée :
– Déjà ! On commençait juste à s'amuser…

Cerise s'étonne :
– Qui a mis l'échelle ici ?

Elle la prend sous le bras et lance :
– **Tout le monde en classe !**

Voilà Myrtille et la directrice coincées sur le toit !

Paniquées, elles se mettent à hurler :

– **Au secours ! À l'aide !**

Cerise, furieuse, revient avec son sifflet pour gronder les deux vilaines qui ont osé monter là-haut !

Mais, quand elle reconnaît Pomme et Myrtille, vite, elle rapporte l'échelle.

Tom, Sonia, Paulo et les autres sont bien étonnés de voir qui descend du toit, mais plus étonnés encore quand Pomme ordonne :

– Ce matin, personne ne va en classe ! C'est foot **à gogo** !

– Et on va bien voir si quelqu'un arrive à mettre un but ! s'écrie Myrtille.

Fin

300, rue Léon-Joulin, 31101 Toulouse Cedex 9 – France
editionsmilan.com
Loi 49.956 du 16.07.1949 sur les publications destinées à la jeunesse.
Dépôt légal : 4e trimestre 2015
ISBN : 978-2-7459-7268-2
Imprimé en France par Pollina - L74106C